# Die Chroniken von Narnia

## Prinz Kaspian

## Fotos aus dem Film

Originally published in English by HarperCollins Children's Books under the title:

Prince Caspian – The Movie Storybook

ISBN 978-3-8000-5410-7

www.narnia.com

1 3 5 7 9 10 8 6 4 2

Book design by Rick Farley, Sean Boggs and John Sazaklis

Printed in Italy

Die Chroniken von

# Narnia

## Prinz Kaspian

## Fotos aus dem Film

Bearbeitet von Lana Jacobs
Nach dem Drehbuch von Andrew Adamson & Christopher Markus & Stephen McFeely
Nach dem Buch von C. S. Lewis
Unter der Regie von Andrew Adamson
Aus dem Englischen von Gudrun Likar

UEBERREUTER

Mitten in der Nacht schlich Doktor Cornelius in Prinz Kaspians Zimmer. Er musste seinem Schüler helfen, den telmarischen Soldaten zu entkommen, die vor der Tür Stellung bezogen hatten. Durch den Geheimgang im Kleiderschrank führte Cornelius Kaspian nach draußen.

Bevor Cornelius den Prinzen auf dessen Pferd vom Schloss wegschickte, überreichte er ihm ein ganz besonderes Geschenk. »Verwendet es nur in allerhöchster Not. Alles, was Euch vertraut ist, steht davor, sich zu ändern«, sagte er. Als die telmarischen Soldaten Kaspians Zimmer leer vorfanden, durchsuchten sie das Schloss. Sie bemerkten, dass Kaspian in Richtung Wald ritt, und folgten ihm.

Plötzlich stürzte Kaspian von seinem Pferd. Als er die Augen öffnete, standen drei Geschöpfe vor ihm – zwei Zwerge und ein Dachs. Da sie bedrohlich immer näher rückten, griff er in den Beutel mit Cornelius' Geschenk … und zog ein Horn aus Elfenbein heraus. Ehe die Zwerge ihn daran hindern konnten, blies Kaspian in das Horn.

Nikabrik, einer der beiden Zwerge, schlug Kaspian mit seinem Schwert nieder. Danach brachten Nikabrik und seine Freunde Kaspian in ihre Höhle, um mehr über das kleine weiße Horn herauszufinden, das er bei sich trug.

Auf einem Bahnsteig in London versuchten die Pevensie-Kinder inzwischen, sich auf ein normales Leben mit Schulbüchern und Schuluniformen einzustellen. Sie prügelten sich in der Schule häufig mit anderen Kindern und sehnten sich danach, zu ihrem Leben als Könige und Königinnen von Narnia zurückzukehren.

»Denkt daran, was Aslan gesagt hat: Einmal König von Narnia, immer König von Narnia«, erinnerte Lucy ihre Geschwister.

»Ich glaube, wir sollten allmählich akzeptieren, dass wir hier und jetzt leben«, versuchte Susan ihre Familie zu beruhigen. Kaum hatte Susan zu Ende gesprochen, verspürten die Kinder etwas Eigenartiges …

Einen Moment später fanden sich die Geschwister auf einem weißen Sandstrand wieder. Ihre Träume hatten sich erfüllt … sie waren wieder in Narnia! Aber etwas in der Ferne kam ihnen fremd vor. »Ich erinnere mich nicht, dass es in Narnia Ruinen gegeben hätte«, sagte Edmund.

Als sie auf die Ruinen zugingen, fand Susan auf dem Boden eine goldene Schachfigur. Plötzlich wurde Peter klar: Sie standen vor Cair Paravel, ihrem früheren Zuhause in Narnia.

Im Schloss unterhielten sich König Miraz und seine Ratgeber über das Verschwinden des Prinzen. Wenn Miraz den Narnianen die Schuld in die Schuhe schieben würde, konnte er mit gutem Recht einen Krieg beginnen, der ihm den Anspruch auf den Thron erlaubte. Als seine Soldaten ihm einen gefangenen Narnianen, einen Zwerg, brachten, nahm sein Plan Gestalt an. »Wir vergessen, dass Narnia einmal ein barbarisches Land war«, erinnerte Miraz seine Ratgeber. »Sie haben uns beobachtet und darauf gewartet, zuzuschlagen – und ich habe vor, zurückzuschlagen«, sagte er und deutete auf den Zwerg.

Die Kinder ahnten nicht, was sich da für ein Konflikt zusammenbraute, und wunderten sich über die Trümmer, die einst ihr prächtiges Cair Paravel gewesen waren. »Das ist nicht von selbst geschehen. Cair Paravel ist überfallen worden«, erklärte Edmund.

Sie stießen auf die Schatzkammer, wo Lucy ihr Elixier fand, Edmund seinen Helm, Peter sein Schwert und seinen Schild und Lucy ihren Pfeilköcher und Bogen. Das Einzige, was fehlte, war Susans Horn.

»Ich denke, wir sollten herausfinden, was da vor sich geht«, sagte Peter.

Kaspian erwachte in der Höhle von Trüffeljäger, dem Dachs. Er war bestürzt darüber, dass Trüffeljäger und Nikabrik sprechen konnten … sie waren echte Narnianen, Geschöpfe aus den Märchen, die er als Kind gehört hatte!

Als Kaspian aufbrechen wollte, hielt Nikabrik ihn zurück. Trüffeljäger sagte, das Horn aus Elfenbein griffbereit: »Ihr seid dazu bestimmt, uns zu retten. Es heißt, wer auch immer es bläst, wird damit die Alten Könige und Königinnen zurückbringen … und uns in die Freiheit führen.«

Kaspian ahnte nicht, dass sein magisches Horn die Alten Könige und Königinnen bereits zurückgebracht hatte. Die Kinder waren mittlerweile in narnianische Gewänder gekleidet und wollten herausfinden, was in ihrer Abwesenheit geschehen war. Sie waren überrascht, dass telmarische Soldaten einen Narnianen gefangen hielten. Susan schoss sofort zwei Pfeile auf die Soldaten ab, um den Zwerg zu retten.

»Bottich und Beutelratte!«, rief Trumpkin aus. Diese Kinder waren wirklich die Könige und Königinnen von Alt-Narnia, auf die er und die anderen Narnianen gewartet hatten!

Als Kaspian die Narnianen auf der Tanzwiese traf, war die Menge aufgebracht, weil sie gelernt hatten, alle Telmarer zu fürchten. Kaspian zeigte ihnen das Horn und versuchte sie davon zu überzeugen, dass er Narnia den Frieden bringen konnte – wenn sie ihm halfen, seinen Thron von Miraz zurückzufordern.

Die Narnianen glaubten nicht an Kaspians Versprechen, doch Trüffeljäger kam ihm rasch zu Hilfe: »Wir Dachse erinnern uns gut daran, dass es Narnia nur dann gut ging, wenn ein Adamssohn König war.« Die Narnianen stimmten zu: Es war an der Zeit für Kaspian, seinen Platz als König einzunehmen und im Lande Narnia die Ordnung wiederherzustellen.

Die Narnianen waren nicht die Einzigen, die sich nach Alt-Narnia zurücksehnten. Lucy war traurig, als sie erfuhr, dass die Bäume nicht mehr tanzten und die Bären nicht mehr ihre Freunde waren.
Als die Kinder den Fluss überquerten, sah Lucy etwas Atemberaubendes. »Aslan!«, rief sie. Aber niemand außer ihr sah den Großen Löwen.

In der Nacht träumte Lucy, sie habe Aslan gesehen. Nachdem sie aufgewacht war, ging sie in den Wald hinein. Als sie ein Rascheln hörte, dachte sie, es sei Aslan, doch es war Peter, der mit gezogenem Schwert da stand. Noch bevor Lucy ihn fragen konnte, was er da machte, tauchte Kaspian auf und griff Peter an!

Da aber Narnianen bei ihm waren, wusste Lucy, dass der Angreifer nicht ihr Feind sein konnte. Sie rief den Kämpfern zu, aufzuhören. Peter musterte seinen Gegner. »Prinz Kaspian?«, fragte er. »Du hast uns gerufen?«
»Wer bist du?«, fragte Kaspian. In dem Moment kamen Susan und Edmund herbeigerannt.
Die Narnianen waren glücklich, dass ihre Könige und Königinnen aus Alt-Narnia vor ihnen standen.

Prinz Kaspian brachte alle in sein Lager zurück, wo er und die Narnianen sich auf die Schlacht vorbereitet hatten. »Es ist vielleicht nicht das, was ihr gewohnt seid, aber man kann es gut verteidigen«, sagte er.
»Was ist das für ein Ort?«, fragte Lucy, während sie auf die Zeichnungen von ihr und ihren Geschwistern an der Wand starrte.
Kaspian entzündete eine Fackel, um Aslans Steinernen Tisch zu beleuchten … sie befanden sich im Inneren von Aslans Haug!

Nun war die Zeit gekommen, Kaspian auf den Thron zu setzen, und die Narnianen waren bereit. König Peter und der narnianische Kriegsrat besprachen, wie Miraz' Schloss angegriffen werden sollte.

Die narnianische Armee erreichte das Schloss mitten in der Nacht. »Für Narnia!«, rief Peter, als er sein Schwert erhob und auf die Telmarer zustürmte.

Peter kämpfte Seite an Seite mit den tapfersten Narnianen: den Satyrn und den Faunen. Gemeinsam stürmten sie vorwärts.
Sie kämpften gegen den Feind, so gut sie vermochten, aber schließlich zwangen die Telmarer sie, sich zu Aslans Haug zurückzuziehen.

Peter wusste, dass mehr als Mut nötig war, um diese Soldaten zu besiegen – sie brauchten Hilfe. Sie brauchten Aslan. Peter schickte Lucy tief in den Wald hinein, um ihn zu finden. Rasch tauchte der Große Löwe vor ihr auf.

Lucy schlang ihre Arme um Aslan und fragte ihn dann, warum er nicht früher gekommen war, um sie zu retten. »Nichts geschieht zweimal auf die gleiche Weise, Liebes«, antwortete er. »Ich glaube, deine Freunde haben lange genug geschlafen, oder?«
Und mit diesen Worten weckte Aslan die schlafenden Bäume auf und ging ihnen voran in die Schlacht.

Zurück in Aslans Haug, schlug Kaspian vor, Miraz zu einem Zweikampf mit Peter zu fordern. »Der Kampf soll auf Leben und Tod geführt werden. Der Lohn soll die totale Kapitulation sein«, erklärte Edmund, als er Miraz das Dekret vorlas.

Miraz nahm Peters Herausforderung zum Zweikampf an. Sobald Peter Miraz in die Enge getrieben hatte, übergab er sein Schwert Kaspian: »Es ist nicht an mir, diesen Kampf zu beenden.«

»Behaltet Euer Leben, aber ich gebe den Narnianen ihr Königreich zurück«, sagte Kaspian, als Miraz vor ihm kniete.

Doch selbst nachdem Kaspian Miraz besiegt hatte, rückten die Telmarer weiterhin mit erhobenen Schwertern gegen die Narnianen vor.
»Narnianen, vorwärts!«, brüllte Peter.

Sie waren auf den Angriff vorbereitet, aber die Telmarer waren übermächtig. Sie brauchten Hilfe …
In diesem Moment gingen die Bäume zum Angriff auf die Soldaten über! Peter wusste sofort, dass Lucy Aslan gefunden hatte.

»Für Aslan!«, rief Peter,
als er auf die Soldaten zustürmte.

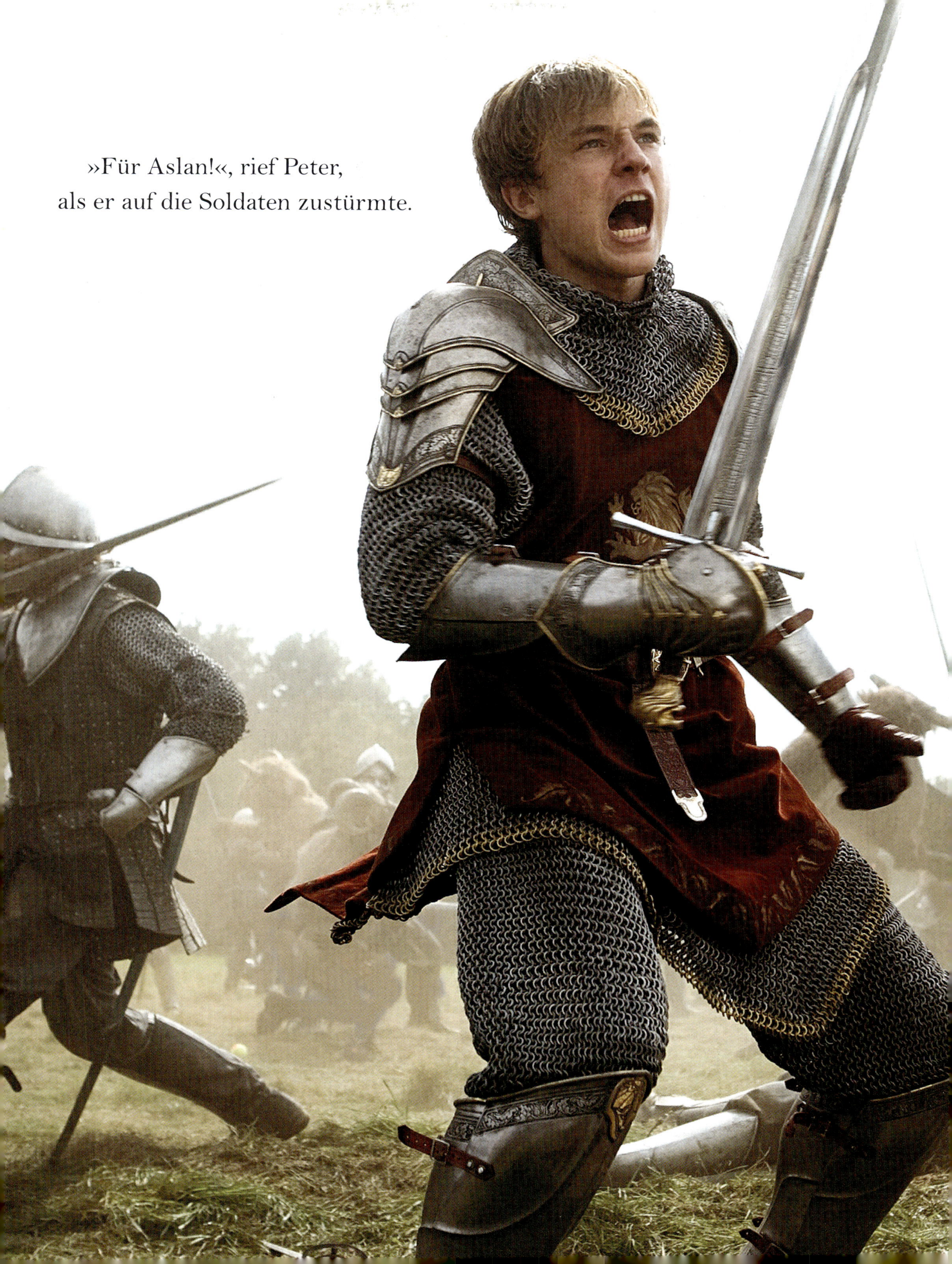

Die Telmarer zogen sich zur Brücke zurück, die sie aus dem Wald heraus und von den Narnianen wegführen würde. Als die Soldaten vorwärtsstürzten, tauchte Aslan vor ihnen auf. Er stieß ein mächtiges Brüllen aus und besiegte die Soldaten ein für alle Mal.

Umgeben von Narnianen fielen Peter und seine Geschwister vor dem mächtigen Löwen auf die Knie und verneigten sich.
»Erhebt Euch, Könige und Königinnen von Narnia«, sagte Aslan. Er erklärte Kaspian zum neuen König von Narnia, gleichzeitig überreichte Peter sein Schwert an Kaspian.
»Ich werde es behalten, bis Ihr zurückkehrt«, erwiderte Kaspian und ritt durch die jubelnde Menge.

Die Pevensies warfen einen letzten Blick auf ihr geliebtes, magisches Land und ritten zum Tor, das Aslan in einer nahe gelegenen Eiche erschaffen hatte. Auf der anderen Seite des Tores fanden sich die Kinder in ihren Schuluniformen auf dem Bahnsteig wieder.